32

LES MARIONNETTES

CHEZ LES

AUGUSTINS DÉCHAUSSÉS

DE ROUEN

Publié avec Introduction

Par Eug. DE BEAUREPAIRE

SOCIÉTÉ ROUENNAISE

DE

BIBLIOPHILES

LES MARIONNETTES

CHEZ LES

AUGUSTINS DÉCHAUSSÉS/

DE ROUEN

REPRÉSENTATION DE LA PASSION EN 1677

Publié avec Introduction

Par EUG. DE BEAUREPAIRE

ROUEN

IMPRIMERIE ESPÉRANCE CAGNIARD

1889

INTRODUCTION

Les Augustins Déchaussés établis à Paris en 1619 ne vinrent se fixer à Rouen qu'au cours de l'année 1630. Ils furent reçus par Mgr de Harlay, qui leur témoigna d'abord beaucoup de bienveillance et bénit solennellement leur église. Farin, très sobre de renseignements en ce qui les concerne, nous apprend cependant que ces religieux remplacèrent dans la capitale de la Normandie les Pères de la Congrégation de Saint-Paul, premier ermite, connus plus ordinairement sous le nom de Pères de la Mort, parce que leur mission spéciale était de soigner et de confesser les pestiférés.

Mais « d'autant », ajoute le vieil annaliste, « qu'ils vi- « voient sans règle ni vœu, on les eut à mépris, » si bien qu'ils furent contraints d'appeler à Rouen les Religieux Déchaussés de l'ordre de Saint-Augustin, auxquels ils cédèrent leur établissement (1).

L'église, située à l'extrémité du quartier Martainville, ne

(1) Farin, t. III, p. 323.

présentait rien de remarquable. Elle ne sert plus au culte depuis la Révolution.

L'histoire locale, si prolixe parfois relativement au passé d'autres maisons religieuses, ne nous a conservé rien de saillant sur les PP. Augustins Déchaussés. L'ordre n'était pas largement établi, et les humbles pratiques auxquelles il se livrait, si elles étaient de nature à édifier les âmes pieuses, ne présentaient, à coup sûr, rien qui pût attirer l'attention de la foule.

Il se passa pourtant en 1677, dans la chapelle des Augustins, une cérémonie d'un genre tout particulier, dont le souvenir est venu jusqu'à nous. Nous devons en savoir gré, non à la sollicitude d'un des nombreux anna-listes de la ville de Rouen, mais bien à la verve railleuse d'un pamphlétaire anonyme. Nous voulons parler d'une sorte de figuration de l'Ensevelissement du Christ, que les habitants de Rouen, à cette date, eurent l'occasion d'ad-mirer pendant les derniers jours de la Passion, et qui a été décrite, avec les détails les plus circonstanciés, dans une relation en vers libres publiée en 1678.

Cette plaquette rarissime porte pour titre :

« *Histoire de ce qui s'est passé dans la chapelle des Augustins déchaussés du faubourg Martainville de Rouen, depuis le vendredi de la semaine de la Passion jusqu'au mardi de la Résurrection de Notre-Seigneur, en l'année 1677.*

« *Écrite en vers libres, pour une personne de qualité, qui l'avait demandée à l'autheur.*

« *A Orléans, chez Eléazar Bonne-Foy, rue du Salut, au Bon-Pasteur.*

« *MDCLXXVIII.* »

Nous n'avons pas la prétention de deviner le nom de l'écrivain anonyme, encore moins celui de la personne de qualité pour le divertissement de laquelle il a pris la plume; mais si nous nous trouvons en présence d'une œuvre essentiellement clandestine, nous croyons pouvoir affirmer, malgré les énonciations fantaisistes du titre, qu'elle est sortie, non des presses d'Orléans, mais des presses de Rouen. Dans tous les cas, c'est bien à la ville de Rouen, sans aucun doute possible, qu'appartient notre pamphlétaire.

Quant à l'esprit qui anime sa production, nous pouvons en juger à l'avance par le verset du prophète Jérémie qui lui sert d'épigraphe :

Seduxerunt populum meum in mendacio suo.

Ils ont séduit mon peuple par leurs pieuses fraudes et leurs dévotes momeries.

JÉRÉMIA 23, 32.

2

Comme ce factum est devenu à peu près introuvable, la Société des Bibliophiles rouennais a eu l'heureuse idée d'en donner une réimpression, et son digne et dévoué président a bien voulu songer à moi pour éclairer le texte par quelques lignes d'explication. J'ai accepté avec d'autant plus d'empressement la demande qui m'était adressée, que la *Relation* m'a paru intéressante et digne de retenir un instant l'attention.

De même que toutes les autres scènes de la Passion, l'*Ensevelissement du Christ* a sollicité souvent l'imagination des poètes, des peintres et des sculpteurs. Il entre dans la trame des drames liturgiques, et fournit surtout aux artistes un large contingent de motifs pour la décoration des édifices religieux. Nous devons toutefois observer, pour rester dans les termes d'une rigoureuse exactitude, que ce n'est pas l'ensevelissement proprement dit que nous voyons figurer dans les compositions dramatiques auxquelles nous faisions tout à l'heure allusion.

Dans le drame du sépulcre, par exemple, les trois Maries se rendent bien au *monument,* mais c'est pour constater qu'il est vide et que le Seigneur Jésus l'a quitté et est ressuscité glorieux. C'est dans ces conditions que la scène s'offre à nous dans tous les Ordinaires, et qu'elle se retrouve dans la prose, si intéressante d'ailleurs, du *Victimæ paschali laudes.*

Le drame semi-liturgique, d'époque postérieure, qui se rattache bien aux chants de l'office, mais ne se confond pas avec eux, se réfère à la Résurrection beaucoup plus qu'à la mise au tombeau. Tel nous paraît être, en nous bornant à un simple exemple, le drame des *Trois Maries*, que l'on jouait, au XIIIᵉ siècle, dans l'abbaye d'Orbigny-Sainte-Benoite, et qui a été signalé, pour la première fois, par M. de Coussemaker (1).

L'œuvre se compose de deux dialogues : le premier entre deux des Maries et le marchand de parfums ; le second entre la troisième Marie, Marie-Magdeleine et les anges qui gardent le sépulcre.

Voici le début de la première pièce :

LE MARCHAND DE PARFUMS.

Ça approchez, vous qui si fort l'aimez,
Si vous voulez ces parfums acheter,
Avec lesquels vous puissiez embaumer
De Nostre-Seigneur le corps sacré.

LES DEUX MARIES.

Dis-nous, marchand très bon, sincère et loyal,
Ces parfums si tu veux les vendre,
Dis vite le prix que tu en veux avoir.
— Hélas ! le verrons-nous jamais.

(1) *Drame liturgique au moyen âge*, Victor Didron, 1861.

LE MARCHAND.

Ces parfums par vous si désirés,
Cinq besants d'or il vous faut en donner,
Ou autrement ne les emporterez.

Le second dialogue entre les anges et la Madeleine roule tout entier sur la douleur que fait éprouver à celle-ci la mort du Jésus tant aimé, et il a pour conclusion ces paroles de l'ange :

Bonne nouvelle je vous apporte,
Il est ressuscité de la mort
Jhesus-Christ, le doux fils de Marie (1).

La poésie populaire s'est généralement placée au même point de vue.

Ce sont les trois Maries
Un matin se sont levées.
S'en vont au monument
Pour Jhesus Christ chercher
Marie Anne, Marie Madelaine
Et Marie Salomé.

A notre sens, ainsi qu'on peut le voir du reste par ce

(1) Nous avons emprunté la traduction du texte latin à M. Marius Sepet — le *Drame chrétien au moyen âge*, p. 168. — Paris, Didier, 1878.

simple exposé, ce n'est ni dans les drames liturgiques, ni même dans les poésies en langue vulgaire, répandues parmi les fidèles, qu'il faut aller chercher l'inspiration à laquelle obéirent, en 1677, les organisateurs de la figuration sacrée du couvent des Augustins.

Elle se rattache par un lien bien autrement étroit à la scène de l'ensevelissement du Christ, telle qu'elle a été interprétée et rendue, dans une infinité d'églises, surtout à l'époque de la Renaissance. A la fin du xvi⁰ siècle, en effet, ce sujet obtint une vogue générale et tout à fait extraordinaire. On rencontre le groupe de l'Ensevelissement à peu près partout, placé tantôt dans une crypte, tantôt dans une chapelle aménagée tout exprès pour le recevoir, tantôt dans un enfoncement à cintre surbaissé, pratiqué dans le mur du chœur ou de la nef. Les sépulcres factices, disposés encore aujourd'hui dans beaucoup de nos églises, pour l'adoration de la croix, le vendredi saint, procèdent de la même idée, et nous ont conservé quelques vestiges de l'ancienne dévotion.

Quoi qu'il en soit, la reproduction indéfinie du même groupe était, au point de vue artistique, un fait caractéristique qui ne pouvait échapper à l'attention d'un observateur aussi sagace que M. de Caumont. Il l'a noté, en effet, avec un soin tout particulier, dans ses différents ouvrages, notammment dans le *Bulletin monumental* et

dans l'*Abécédaire archéologique*. Comme l'*Abécédaire*
nous offre, sur cette question, le résumé des notes disséminées dans beaucoup de volumes du *Bulletin*, nous
croyons utile de lui emprunter quelques lignes :

« Un des sujets religieux les plus importants au
« xvi⁰ siècle, écrit M. de Caumont, est l'ensevelissement
« de N.-S. Jésus-Christ, avec personnages de grandeur
« naturelle. On le trouve dans un grand nombre d'églises
« à la fin du xvi⁰ siècle. Les artistes de la Renaissance
« reproduisent cette scène touchante d'après les types
« convenus, et partout on trouve les mêmes personnages,
« dans les mêmes attitudes, avec les mêmes costumes.
« Je ne doute pas qu'on ne puisse encore en trouver en
« France une centaine de bien conservés, et qu'on ne
« soit à même de constater la destruction d'un nombre
« bien plus considérable de sépulcres semblables (1). »

Il ne faudrait pas croire que les actes de vandalisme
auxquels ces dernières lignes font allusion soient tous
imputables à la Révolution. Beaucoup sont de date plus
récente ; quelques-uns sont d'hier. La correspondance de
M. le baron de Verneilh nous en fournit un bien curieux
exemple :

« Il existe, écrivait-il en 1868 à M. de Caumont, dans

(1) *Abécédaire d'archéologie,* t. II, pp. 759-761.

« notre département de la Dordogne, une belle église
« romane, celle des Salles la Vauguyon. J'y avais vu, il
« y a douze ans, un très bel Ensevelissement composé
« d'une dizaine de statues de grandeur naturelle, fort
« bien exécutées, sous François Ier ou Louis XII, et
« anciennement peintes. Comme toujours, le Christ était
« étendu sur le tombeau, soutenu par Joseph d'Arima-
« thie et par Nicodème, et entouré des saintes femmes et
« de saint Jean. C'était tout à fait analogue au magnifique
« sépulcre de la chapelle de Biron. Ce monument artis-
« tique était en grande vénération auprès des paysans ;
« seulement ils avaient le tort de râper le corps de Notre-
« Seigneur et de le boire en infusions ; et, comme ils
« s'adressaient à la partie correspondante à leur maladie,
« et que les dyssenteries sont fréquentes dans le pays, il
« en résultait que le ventre de la statue divine était aux
« trois quarts rongé. Je reconnais que c'était un abus.
« M. le curé, désespérant de le faire disparaître, prit un
« parti énergique. Un autre à sa place, les exhortations
« restant sans effet, aurait protégé le sépulcre avec une
« grille, ou l'aurait placé dans un lieu inaccessible aux
« pieux visiteurs qui y venaient chercher des remèdes. Il
« prit un parti plus héroïque, et, sans plus de façons,
« malgré les cris de ses paroissiens, il fit tailler toutes les
« statues en pavés, et en raccommoda le dallage de son

« église. C'est à n'y pas croire, mais c'est de la dernière
« exactitude. J'ai vu la place vide; j'ai vu les pavés cal-
« caires faire tache parmi les carreaux de granit; j'ai
« entendu les explications et les regrets du sacristain. Il
« n'y a pas à douter de cet attentat (1). »

Que d'autres faits du même genre l'on pourrait citer,
qui n'ont pas même pour semblant d'excuse le désir de
faire cesser un abus ou d'extirper une pratique supersti-
tieuse! Malgré tout, le nombre des Ensevelissements,
encore intacts, reste considérable, plus considérable que
ne le supposaient les archéologues, qui, les premiers, se
sont occupés de la question.

Les églises de Montdidier et de Doullens ont leur chapelle du sépulcre, dans l'intérieur desquelles un enfoncement, ménagé dans la muraille, et élevé de trois marches,
présente un groupe de sept personnages entourant le
Christ qu'on ensevelit.

L'église de Chaumont (Haute-Marne) possède intacte la
chapelle du Sépulcre avec son Ensevelissement. On des-
cend dans ce lieu retiré, situé à l'entrée de l'église, sous
le portail, et l'on trouve, au milieu de dix personnages à
genoux, le Christ déjà placé dans le tombeau. La dalle,

(1) *Bulletin monumental*, t. **XXXIV**, p. 819.

avec ses anneaux de fer, est disposée pour recevoir le cercueil.

Parmi les plus remarquables, à côté de la curieuse peinture du devant d'autel de la chapelle du *Corpus Domini*, à Saint-Maximin (Var) (1), on peut citer ceux de Saint-Mihiel, de Neufchâtel - en - Bray, d'Amboise, de Bourges, de Nevers, de Sissy, de Monestiés, de Solesme, des Andelys, du Mans, de Pontoise.

Quelques-uns de ces groupes portent des traces de peinture; beaucoup sont l'œuvre d'artistes distingués. La description de l'un d'eux, celui de Sissy, que nous empruntons au travail de M. Charles Gomart, sur la chapelle des *Endormis,* pourra donner une idée des autres :

« La chapelle, éclairée mystérieusement, est occupée « par onze personnages. Sur le premier plan, trois sol- « dats, plus petits que nature, sont endormis. Au second « plan, se place la scène principale. On voit étendu sur « une grande dalle le corps du Christ soutenu par Nico- « dème, tandis que Joseph d'Arimathie emporte le linceul. « Les membres du Christ sont glacés et presque raidis;

(1) Etude archéologique sur l'autel du *Corpus Domini,* par M. Rostard, *Congrès archéologiques,* t. XIV, p. 667. Cf. *Bulletin monumental,* t. IX, p. 577, t. XXIV, pp. 388, 394, 395; t, XXIX, p. 640; t. XXVII, p. 612; t. XXI, p. 517; t. XXXIV, pp. 216, 321 et 819.

3

« cependant, on voit que ce n'est pas là mort; car, sous
« cette immobilité apparente, on croit trouver le som-
« meil du Fils de Dieu fait homme qui ressuscitera dans
« trois jours. La tête est très belle de douceur et d'ex-
« pression. Les mains, heureusement placées, tombent
« naturellement contre le corps. Au fond sont debout,
« dans diverses positions, sainte Véronique, saint Jean,
« Marie, sœur de Marthe, la Vierge et sainte Madeleine.
« Malheureusement, ces blanches vierges, si éplorées
« naguère dans leur céleste douleur, si vivantes dans
« l'agitation de leur poitrine, et si mystérieusement éclai-
« rées par les reflets violets et bleuâtres qu'apporte une
« tiède et furtive lumière, ne sont plus que l'ombre de ce
« qu'elles étaient, enluminées aujourd'hui de couleurs
« éclatantes par quelque badigeonneur de village (1). »

Un sculpteur de Saint-Quentin, Wallerand Allard,
auquel on attribue l'un des deux Ensevelissements que
l'on voyait autrefois dans cette ville, passe pour être aussi
l'auteur de celui de Sissy.

Le groupe ainsi compris comporte bien quelques
variantes. A Sissy, au premier plan, nous avons noté la
présence, assez exceptionnelle, de trois soldats endormis;

(1) *Bulletin monumental*, t. XXIV, p. 392. Cf. *Abécédaire archéologique*, t. II, pp. 759-761.

à Bourges, à Saint-Maximin, les donateurs ont placé leurs effigies à côté de la scène religieuse proprement dite ; à Monestiés, l'artiste a été plus loin, et, au-dessus de l'ensevelissement, il a sculpté une *pieta* à personnages qui le complète (1). Mais, en définitive, toutes ces adjonctions sont sans importance et n'altèrent en rien le type général de composition, auquel, pendant de longues années, peintres et sculpteurs restèrent immuablement fidèles.

Ce sujet a été aussi très fréquemment traité par les artistes de l'Orient, mais dans des conditions un peu différentes de celles que nous venons d'indiquer. Le *Guide de la peinture*, publié par Didron dans son *Manuel d'Iconographie chrétienne*, et qui peut être considéré comme une sorte de *vade mecum*, également applicable aux époques anciennes et à l'époque moderne, nous édifie complètement à cet égard. Voici, en effet, comment l'auteur explique aux peintres religieux le thème qu'ils peuvent être chargés d'interpréter dans la décoration des églises ou des chapelles des monastères.

LAMENTATION SUR LE TOMBEAU.

« Une grande pierre carrée ; dessus un linceul déployé, « sur lequel est étendu le corps du Christ. La sainte

(1) Congrès d'Alby (*Congrès archéologiques*), t. XXX, p. 442. Rapport de M. Elie Rossignol.

« Vierge agenouillée se penche sur lui et lui embrasse la
« figure. Joseph lui baise les pieds, et le *Theologos* (saint
« Jean) la main droite. Auprès de la sainte Vierge, Marie
« Magdelaine, les bras déployés vers le ciel et tout en
« pleurs. Les autres femmes, qui portent des aromates,
« s'arrachent les cheveux. Par derrière, la croix avec son
« écriteau. Au-dessous du Christ, la corbeille de Nico-
« dème avec les clous, les tenailles et le marteau ; auprès,
« une autre femme tenant un vase en forme de petite
« bouteille (1). »

C'est l'interprétation byzantine à côté de l'interprétation
occidentale.

Toutes ces constatations, qu'il nous eût été facile de
multiplier, suffisent à faire comprendre comment, en 1677,
les Religieux Augustins de Rouen furent amenés, le plus
naturellement du monde, à offrir aux fidèles du quartier
Martainville le spectacle de l'ensevelissement du Christ.

A une époque un peu plus éloignée, des représenta-
tions de ce genre, appliquées à d'autres sujets, avaient été
d'un usage fréquent dans les églises. Pour nous borner à
quelques exemples, nous nous contenterons de rappeler
ce qui se passait le jour de l'Assomption à Rouen, à
Dieppe, à Cherbourg, à Valenciennes.

(1) *Manuel d'Iconographie chrétienne*, par Didron, p. 148.

A Rouen, la Vierge apparaissait, revêtue d'un costume magnifique, au milieu d'un jardin fleuri, placé dans la Cathédrale, au-dessus du tabernacle de la chapelle affectée à la confrérie des ciriers, confiseurs et épiciers de la ville. Ce jardin, que le Chapitre voyait d'un très mauvais œil, ne disparut, à la suite de négociations très longues et très compliquées, qu'en 1526.

C'était bien autre chose à Valenciennes, à Cherbourg et à Dieppe. Dans ces trois villes, l'Assomption, ou, pour parler le langage du temps, le montement de la Vierge, s'exécutait avec une pompe extraordinaire et au moyen du mécanisme le plus ingénieux. La machination de Dieppe excitait surtout l'admiration des contemporains, et attirait chaque année, dans la ville, un nombreux concours d'étrangers. C'était là le grand attrait de la fête des *Mitouries*, ainsi qu'on peut en juger par ces vers de Grognet, dans son *Blason des singularitez et excellences de la bonne ville de Dieppe* :

> Un paradis fait et trassé,
> Contre les voultes compassé,
> Qui ne s'ouvre qu'une fois l'an !
> Plus beau n'en a jusqu'à Milan.
> Il est ouvert, à moult grand coust,
> A la grand Nostre Dame d'aoust,
> Et met on sur le grand autel
> L'ymaige Nostre Dame tel

Qu'il représente son saint corps ;
Et les anges, en maints accords
Descendent de ce paradis
Et l'emportent aus Benedits.
A bien parler, c'est si grant chose
Qu'autre chose dire n'en ose.
Car à celluy bel édifice
Ne voyt-on corde d'artifice
Ne fil d'archal aucunement ;
Mais sont pourtraicts les mouvemens
Si subtillement en praticque
Qu'il semble que ce soit art magique (1).

Les marionnettes pieuses restèrent d'ailleurs assez longtemps en vogue, et divers passages des Mazarinades établissent que, dans les premières années de Louis XIV, les PP. Théatins n'avaient pas renoncé à ce moyen primitif d'exciter l'attention de l'auditoire pendant leurs prédications.

Pour être plus persuasifs, écrit Dulaure, ils faisaient apparaître en chaire des figures de saints, que les Frondeurs nommèrent, avec irrévérence, des *marionnettes*, « usage qui tenait plus, dit un écrivain du temps, de l'ita- « lien que de la dévotion française. »

Plusieurs pièces satiriques font mention de cette pratique ridicule.

(1) Blasons, p. 18.

Dans celle qui est intitulée : *Passeport et Adieu de Mazarin*, on lit :

> Adieu l'oncle aux Mazarinettes,
> Adieu père aux marionnettes,
> Adieu l'autheur des Théatins.

Et plus bas :

> Par les belles Mazarinettes,
> Par toutes les marionnettes,
> Par la robe des Théatins.

Lorsque Mazarin fut obligé de quitter la France, ces religieux, épouvantés, l'accompagnèrent dans sa fuite. Une mazarinade, intitulée : *Lettre au Cardinal Burlesque*, en mentionnant ce fait, rappelle aussi l'emploi des marionnettes pendant les prédications de l'Avent :

> Vostre troupe théatine,
> Qui fait vœu d'être peu mutine,
> Ne voyant pas de sureté
> En notre ville et vicomté,
> A fait Flandre, et, dans des cachettes,
> A serré les marionnettes
> Qu'elle faisoit voir ci-devant
> Dans les premiers jours de l'Avent.

Sans aller aussi loin, les PP. Augustins Déchaussés de

Rouen usèrent, pour la pieuse représentation dont ils eurent l'idée, d'un procédé analogue.

Dans leur chapelle transformée en sépulcre, ce qui attirait les grands n'était pas, ainsi qu'on eût pu tout d'abord le penser, une de ces montres muettes à personnages vivants ou *dumbshow*, comme disent les Anglais, dont les entrées des rois nous ont offert quelquefois de si curieux exemples.

En 1677, le temps de ces imaginations audacieuses et de ces ruineuses magnificences était passé, et les PP. Augustins eurent la sagesse d'adopter un programme infiniment plus modeste, moins coûteux, mais aussi moins original. Ils exhibèrent tout simplement un groupe de figures de grande dimension, représentant la scène de l'ensevelissement, et, pour donner au spectateur l'illusion d'une action réelle, ils habillèrent, dans le goût du temps, tous les personnages.

Ces statues ou ces marionnettes étaient-elles en bois, en plâtre, en cire ou en stuc? Nous ne saurions le dire. Le poète qui nous en a conservé la description est très peu précis à ce sujet. Il s'occupe beaucoup plus de prévoir et de décrire les ravages que de pareils divertissements doivent, d'après lui, produire nécessairement dans les âmes, que de nous renseigner sur la matière employée à la confection d'aussi répréhensibles engins :

Il est vrai que ces beaux objets
Où l'on va si souvent ajouter quelques traicts
N'ont que d'insensibles poictrines ;
Mais n'est-on point aussi tout plein de sentiment.
Et qu'importe, pourvu qu'on sente ces machines
Que ce soit machinalement.

. . . .

On a vu de simples statues
Faire changer d'avis à des Pygmalions.
Est-on plus assuré de ses intentions
Devant celles qu'on a vêtues ?
Si c'est le propre des humains
De ne rien faire avec indifférence,
De quel œil verra-t-on l'ouvrage de ses mains,
Puisque le luxe même en sera la substance ?
Est-ce pour demeurer indifférents
Que les enfants font des poupées ?
Mais que doit-on juger lorsque, devenus grands,
Leurs âmes de ces soins sont encore occupées ?

Pour un esprit aussi possédé du démon de la satire et
de la rage de moraliser, beaucoup de menus détails, qui
nous intéresseraient aujourd'hui, étaient évidemment sans
importance, et il n'y a pas à s'étonner que les procédés
de construction de ces poupées lui aient été fort indifférents. Nous devons plutôt lui savoir gré de nous avoir
appris qu'au cours de l'exposition on modifiait de temps
en temps leur toilette.

4

J'en remarque aujourd'hui qui n'étaient pas hier
Sous de certains habits et certaines postures.

Celui-là, par exemple, à qui l'on voit du bleu
Par-dessus sa robe arabesque,
Découvroit en la place, avec son teint moresque,
Un beau velours couleur de feu.
Cette belle et blanche brunette,
Qui repose sur un genou
N'avoit point sa coiffure encore si bien faite
Et montroit beaucoup moins son cou.

Toutes ces particularités ont leur valeur et démontrent, ainsi que nous l'avons déjà dit, que, dans l'intervalle des offices, le costume, l'attitude même des personnages, subissaient de sensibles retouches, de nombreuses modifications. L'*impressario* se rendait à la longue un compte plus exact des effets de la mise en scène et y introduisait volontiers les changements réclamés par le goût ou le caprice de ses spectateurs.

Grâce à notre écrivain, nous savons encore que le théâtre où se jouait cette *dévote momerie* avait été disposé au-dessus du tabernacle du maître-autel. Ce détail, réputé scandaleux, est relevé à plusieurs reprises dans la *Relation*.

Je passai dans leur chapelle.
Là, d'abord, je me prosternai,

Donnant aveuglément quelque temps à mon zèle.
Mais, ô grands dieux! que je fus étonné,
Lorsque, levant un peu la veue
Plus haut que le saint Sacrement
Qu'on avait exposé, pour pécher doublement,
Je vis, sur un theatre, une troupe inconnue.
Et dans le parterre, où j'etois
Tout le monde, admirant cette cérémonie,
Et gardant beaucoup moins le silence et la paix
Qu'on ne fait a la comédie!

Ailleurs, pour mieux souligner la chose, il parle avec une vertueuse indignation

De cet infame theatre
Dont le maître-autel est l'appui.

Et il s'élève avec indignation contre l'audace des insensés et des impies, qui, au pied de « *trompeuses formes* », profanent le très saint Sacrement.

Cette situation du théâtre, qui était d'ailleurs celle du *jardin fleuri* de la Cathédrale de Rouen et de la figuration du *montement de la Vierge* à Dieppe et à Cherbourg, est donc un point absolument hors de contestation.

Quant à l'aspect de la scène et à l'identité de personnages, la poésie est aussi précise et nous fournit vérita-

blement tous les renseignements désirables. Il est vrai
que, tout d'abord, en apercevant le groupe habillé, l'auteur semble éprouver quelque difficulté à saisir le sujet;
mais cet embarras est de commande et vient à point
nommé pour justifier sa critique et donner prétexte aux
plus véhémentes récriminations :

> « Que veut dire cet homme ou sans vie ou malade ?
> Sont-ce là deux bourreaux ? Est-ce par désespoir
> Qu'un poignard perce au sein cette femme interdite ?
> Et ce beau brun assis qu'il semble qu'elle évite,
> Qui se pâme auprès d'elle et qui l'embrasse encor,
> N'est-il pas soupçonné de quelque lâche effort ?
> Ces deux dames au sein d'albatre
> Qui, sur l'autre bout du théatre,
> Font briller leurs galants atours,
> Ne sont-elles point là pour aller au secours
> De cette femme acariatre
> Qui vient d'attenter à ses jours ?
> Et cette autre petite brune,
> Dans sa posture peu commune,
> Près de ce mort ou ce mourant,
> Dont on semble avoir fait justice,
> Insulte-t-elle à son supplice
> Avec son air indifférent ?
> Alors il me vint dans l'idée
> L'inhumanité de Medée
> Qui fit égorger Pélias,

Celle dont le poignard accusait la faiblesse
Me fit souvenir de Lucrèce
Qui vengea sur soi-même, et de son propre bras,
Un honneur qu'elle n'avait pas.

Fort heureusement, un obligeant cicerone coupa court
à ces mythologiques divagations et ramena notre observateur à la vérité. L'explication ne passe pas par une bouche
beaucoup plus indulgente, si elle s'adapte avec plus
d'exactitude à la représentation :

« Ce corps que l'on découvre au milieu de la place,
Sans bras et soutenu par le pompeux niveau
D'une délicate paillasse,
C'est Jésus-Christ dans le tombeau.
Ces deux gros hommes noirs, qui de si près l'escortent,
L'un a la tête et l'autre aux pieds,
Se ressemblant comme deux alliez,
Qui répondent en Turcs aux beaux habits qu'ils portent,
En écharpe, en turban, sans linge, sans rabat,
Dont les yeux esfarés sentent l'assassinat
Sont les deux bons vieillards, d'une si sainte vie,
Nicodème et Joseph d'Arimathie.
Celle qui devant eux etalle ses appas,
Qui de ses cheveux bruns, sur un front tout profane
Fait deux touffes à la paysanne,
Qui ne refuse aux yeux que ce qu'elle n'a pas,
Un genou haut, un genou bas

Avec sa boite vide ou pleine
De pommade ou quelqu'autre graine
Sa juppe et son manteau de tafetas très fin,
L'un couleur de chair et l'autre gris de lin,
Non.... je me trompe, elle est de couleur incertaine
D'un tafetas changeant, qu'autrement nomme-t-on
Couleur gorge de pigeon ;
Cette créature si vaine,
C'est la pieuse Madeleine,
Dont l'écharpe, au coloris bleu ;
Ce qui n'est point du tout honnête,
D'un lieu que je veux taire a monté sur sa tête.
Cette puissante femme a la robe de feu
Qu'on voit, avec horreur, le poignard dans la gorge,
Qui, tout debout encore, succombe à ses malheurs
Quelque désespoir qui les forge ;
C'est la très sainte Vierge, au fort de ses douleurs.
Ce barbare poignard plongé jusqu'à la garde
Vers le centre du pericarde,
Cet acte si contraire à la divine loi,
Ce visible homicide, est l'invisible epée :
C'est-à-dire l'ennui, la douleur et l'effroi
Dont son âme au dedans devoit être frappée,
Tout le monde sait bien pourquoi.
Ce galant achevé qu'on croit qui la caresse,
A cause que son bras l'environne et la presse,
Dont la robe n'a rien qui ne soit bien choisi
Et qui (non sans quelque mystère)
Est de tafetas cramoisi,
Et même, selon le bon Père,

Celle d'un des Pères d'icy ;
Ce beau garçon, dont la ceinture
Est une écharpe toute pure,
Dont la cravate est un grand ruban noir,
Chose assez étonnante à voir !
Qui porte, en guise de guirlande,
Une perruque belle et grande,
Et qui par sympathie est transi de douleur,
C'est l'ami de la Vierge du Seigneur.
Ces stupides beautés a la moutonne blonde,
Qui semblent toutes deux venir de l'autre monde,
Qui loin d'aller voir ce corps mort
Marquent un contraire transport,
Ces sottes porteuses de soye,
Qui sont là afin qu'on les voye
Et qui devroient faire rougir
Celles dont les habits servent à les couvrir.
Enfin ces grandes étourdies,
Qui ne sauraient quasi que faire de leurs bras,
Sont les deux modestes Maries
Salomé et Cléophas.

Nous avons tenu à transcrire ce passage, sans en rien
retrancher, non seulement parce qu'il nous donne le ton
de la composition tout entière, mais encore parce qu'il
nous indique, sans équivoque possible, l'arrangement du
groupe et les noms des personnages qui en faisaient partie.
Sans doute, ce n'est pas d'après cette parodie burlesque

qu'on pourrait apprécier la valeur plastique de l'œuvre ;
mais, si insuffisante qu'elle soit à ce point de vue, elle
nous fournit tout au moins les éléments nécessaires pour
saisir les liens étroits qui rattachent la figuration du couvent des Augustins aux *Ensevelissements* sculptés du
XVIe siècle. Nous y reconnaissons, disposés de la même
manière, dans les mêmes costumes, dans les mêmes attitudes, le Christ, la sainte Vierge, Nicodème, Joseph
d'Arimathie, la Madeleine, Marie Cléophas et Marie
Salomé.

L'exhibition des Augustins restait fidèle de point en
point à la tradition, et son originalité consistait beaucoup
moins dans le choix du sujet que dans la pompe du spectacle et dans les costumes étrangement bariolés dont les
saints personnages étaient agrémentés.

Il nous paraît certain que toutes les riches étoffes dont
on fit étalage dans la circonstance provenaient des hôtels
du voisinage, et il est vraisemblable qu'elles furent dra-
pées sur les figures de l'Ensevelissement, non par les
PP. Augustins, assez mal préparés à cette tâche délicate,
mais par les dames pieuses du voisinage, infiniment plus
versées dans les manipulations compliquées de l'art du
costumier.

Cette explication si naturelle ne pouvait guères être
admise par notre satirique. Il eût perdu, en respectant la

vérité, l'occasion de placer une foule de tirades enflam-
mées sur l'influence néfaste du luxe féminin et les incon-
vénients graves du mélange hétéroclite des jupons et des
cucules…, et il suffit de jeter un coup d'œil sur la *Relation* pour voir combien il eût été déraisonnable d'attendre
de lui pareil sacrifice.

Et pourtant la collaboration active et empressée du
voisinage apparaît dans tous les détails de la cérémonie.
Ce furent des dames, et des dames gracieuses et ave-
nantes, paraît-il, qui tendirent aux fidèles la bourse pour
la communauté, et elles ne perdirent pas leur temps, s'il
est vrai « *que cette Passion profita de plus de 2,000 livres
pour l'établissement* ».

C'est aussi aux hôtels du quartier que furent emprun-
tées les merveilleuses tapisseries de haute-lice qui revê-
tirent, en ces jours de fête, les murs et les piliers de la
chapelle. Par malheur, ces tentures, aux teintes char-
mantes et adoucies, destinées à des maisons particulières,
ne représentaient pas des sujets de sainteté, et, si ce
détail laissa la pieuse assistance absolument indifférente,
il n'échappa pas aux yeux de lynx du satirique. Quelle
indignation, grands dieux! Quels terribles accents de
sainte colère quand, à côté de verdures sans grande signi-
fication, il eut reconnu le *Jugement de Paris*, l'*Embrâse-
ment d'Ilion* et les *Amours de Déiphobus!* Ce dernier

5

tableau surtout lui parut le comble de l'abomination :

> Ce n'est, s'écriait-il, ni Daphné ni Phœbus :
> L'un fut trop malheureux, l'autre trop inhumaine,
> Il a bien mieux valu peindre Déïphobus
> Qui se corrompt avec Hélène.
> C'est peu d'être encore simple fornicateur,
> L'adultère tout seul est même trop modeste ;
> Il falloit le beau-frère avec la belle-sœur
> Et mettre dans son jour l'abominable inceste !!

Nous ne poursuivons pas la citation. Le texte prouve, en effet, que s'il y avait eu, de la part des religieux, quelque simplicité à accepter, pour la décoration de leur chapelle, des tapisseries à sujets mythologiques, leur cen- seur, dans le but de les couvrir d'une salutaire confusion, a tenu à lever tous les voiles et à étaler au grand jour tous les mystères d'iniquité que son érudition impeccable lui a fait découvrir. Si la faute a été lourde, la réprimande fut appuyée de détails si scabreux, qu'elle produit aujourd'hui l'effet d'une légende, infiniment plus égrillarde que les sujets dont elles donnent l'explication.

L'indignation est d'ailleurs l'état d'esprit habituel de l'écrivain, et cette indignation s'attache non seulement à la figuration de l'Ensevelissement et à la décoration en tapisseries de la chapelle, mais encore à tous les autres détails, sans exception, de la cérémonie.

Toutes les stations du monde comportant nécessairement des sermons, les Augustins, se conformant à l'usage,
s'étaient précautionnés d'un prédicateur. Mais, hélas!
bien qu'il fût un des amis de l'auteur, il n'échappe pas,
pour cela, aux traits de sa censure. La *Relation* nous
apprend, en effet, que l'orateur sacré avait pris comme
sujet de son discours les « Sept Douleurs de la Vierge »,
et que, pour ajouter sans doute une huitième douleur à
celles de son texte, il jugea à propos de rester court au
milieu de son développement. Cette mention irrévéren-
cieuse aux Sept Douleurs de la Mère de Dieu n'a pas été
mise ici sans intention.

Les Augustins, il importe de le remarquer, avaient, au
témoignage de Farin, « une chapelle de Notre-Dame-des-
« Sept-Douleurs, qui est une dévotion attachée à leur
« ordre. »

Le 15 juin 1656, ils avaient, en conséquence, obtenu
de l'Archevêque la permission d'annoncer publiquement
la fête de Notre-Dame-des-Sept-Douleurs, qui se célébrait
le samedi précédant immédiatement le jour des Rameaux,
et, le 4 mars 1657, ils avaient pu ériger canoniquement
la confrérie de Notre-Dame-des-Sept-Douleurs.

A raison de ces circonstances, la mention de la relation, qui, tout d'abord, pouvait sembler insignifiante, avait

une portée critique sur laquelle il est impossible de se
méprendre.

. Le sermon était suivi d'un salut en musique, ou, si l'on
veut, d'une sorte de concert spirituel. Il semblerait, tout
au moins, que cette partie de la fête eût dû rester à l'abri
de toute critique. Point. Le concert spirituel, avec voix,
instruments et chef d'orchestre, semble au poète satirique
une nouveauté pernicieuse au premier chef, contre laquelle
il fulmine les plus terribles anathèmes. Qu'on lui parle de
plain-chant, de modulations rustiques ou même barbares,
il y reconnaîtra volontiers un moyen excellent de déve-
lopper la dévotion dans les âmes; mais la musique avec
chef d'orchestre ne saurait, d'après lui, produire que de
détestables fruits. Le bon sens et le goût protestent contre
de telles appréciations. Au nom de l'équité, nous récla-
mons en faveur des exécutants, chanteurs et instrumen-
tistes, et aussi en faveur du malheureux chef d'orchestre.
Leur ennemi est à coup sûr un homme d'esprit, mais
d'humeur acariâtre, et d'une intelligence fermée aux
beautés de l'harmonie. Grâce à lui, cependant, nous pos-
sédons quelques renseignements sur les conditions dans
lesquelles eut lieu l'audition musicale de 1677, qui a le
droit d'être maintenant mentionnée dans l'histoire de la
musique religieuse à Rouen au xviie siècle. La violence
insolite des attaques dirigées contre elle est significative,

et démontre péremptoirement l'importance de l'essai qui fut alors tenté.

A ce point de vue, il n'est pas inutile de citer quelques vers. A défaut d'autre mérite, ils auront au moins l'intérêt d'une constatation.

Le sermon vient de finir, le concert commence, et voici comment on nous en présente le compte-rendu :

Son tacet après tout fut comme le prélude
D'un furieux concert d'instruments et de voix
Qui se fit aussitôt dans cette solitude
Pour y divertir le bourgeois.

. . . .

Cent accords différents par de confuses routes
Insultèrent en foule au silence des voultes.
Puis successivement rompus et réfléchis
A la faveur des cœurs gagnèrent les esprits.
Tailles, Basses, Dessus, Pardessus, Hautecontres,
Regales, Clavessins, Violes, Violons,
Diezes, demi-soupirs, soupirs, fugues, fredons :
Tout cela faisait rage en cent mille rencontres

. . . .

. . . .

Comme autrefois les coribanthes,
Qui, pour rendre à leurs dieux leurs mystères cachés,
Faisaient un bruit si grand d'armes retentissantes
Que le ciel eut en vain tonné sur leurs péchés,

> Telle fut l'orgueilleuse et cruelle musique
> Dont je fais la description.
> Mais qu'il vaudrait bien mieux n'ouïr qu'un chant rustique
> Où Dieu se fait entendre avec distinction.

Un autre passage, écrit dans un but visible de dénigrement, nous révèle encore un détail, qui a bien son intérêt. Il ne s'agit de rien autre chose que de l'appel fait dans cette circonstance, pour l'exécution d'une musique d'église, au concours de comédiens et d'artistes de profession. Une telle énormité révolte tout naturellement notre satirique, qui s'écrie :

> Et l'on a beau d'ailleurs être un mauvais chrétien,
> Un ivrogne, un impie, un bouffon, un satyre,
> Un comédien, pour tout dire,
> C'est assez que l'on chante bien !
> Il n'en fallut pas davantage
> Pour attirer ici divers comédiens.
> Et les Pères, contents de ce noble partage
> Les placèrent au rang de leurs musiciens ! ! !

Le portrait, qui vient ensuite, du chef d'orchestre *poudré comme un biscuit, gras comme un ortolan, faisant deux piques de ses mains*, déchaînant ou retenant à son gré la tempête sonore, sous les voûtes de l'édifice sacré, procède de la même inspiration, et rentre tout à fait dans la catégorie des descriptions burlesques, en si

grande faveur au xviie siècle. On peut le noter au point
de vue littéraire : il n'ajoute rien à nos informations.

Cette horreur de la musique profane n'est pas particulière à notre écrivain ; on retrouve l'expression de
sentiments analogues dans une *Satyre sur les mauvais
effets de la musique à la mode*, publiée dans les *Mémoires
pour servir à la vie des moines*, en 1676, et surtout dans
une lettre du 20 mai de la même année, d'autant plus
intéressante pour nous qu'elle fut adressée *aux dames
religieuses du monastère des Carmélites de Rouen*, à la
suite des fêtes qui eurent lieu dans leur couvent.

« J'ay été deux fois à votre eglise », écrit l'auteur
anonyme de cette lettre, « pour assister à la cérémonie
« que vous faites en l'honneur dn bienheureux Jean de
« la Croix. C'était hier la dernière. La musique y fut fort
« belle et c'est, Mesdames, à l'occasion de ces concerts
« que je prends la liberté de vous écrire. »

Rien, comme on le voit, de plus clair que ce début ;
quelques lignes, prises un peu au hasard dans la publica-
tions nous édifieront avec non moins de précision sur
l'étroite conformité d'idées qui rattachait l'auteur de la
Lettre aux Dames carmélites à l'auteur de la Relation de
la Passion des RR. PP. Augustins.

« Au nom de Dieu, Mesdames, au nom de votre Ré-
« dempteur et du mien, au nom du Sauveur de tous, que

« voit-on autre chose dans les concerts du théâtre et du
« siècle que ce que vous avez entendu dans votre église ?
« Il est vray qu'il y a cette différence qu'en ceux-ci les
« paroles en sont saintes et sacrées, mais, selon les saints,
« cela n'empêche pas que cette sorte de musique n'ouvre
« au démon une entrée dans les âmes.... Avouons que la
« musique a rempli un vuide que la grâce devait occuper.
« Imitons et suivons l'exemple de l'honorable et savant
« saint Augustin ; confessons, non pas par une espèce de
« galanterie, mais par une douleur sincère, non pas à des
« musiciens, mais à Dieu, que le chant nous a fait pécher.
« Fermons l'oreille pour jamais aux amorces de notre
« ennemi et ne les ouvrons plus que pour entendre ce
« cry de Dieu dans son écriture : *Éloignez de moy cette*
« *multitude de chants. Je ne prêteray point l'oreille aux*
« *sons de vos instruments.* Ainsy soit-il ! »

L'examen attentif du texte de la Relation suggère
d'autres remarques. Nous passerons légèrement sur les
indications qu'elle renferme relativement à la lutte qui
existait à Rouen entre les couvents et les paroisses, entre
le clergé régulier et le clergé séculier, lutte d'intérêt et
d'influence, que le moindre incident faisait éclater au
grand jour. Nous ne ferons également que mentionner,
en les signalant à l'attention de nos lecteurs, les attaques
perfides, quelquefois grossières, dirigées contre la moralité

des Augustins. C'est là le fond immuable de tous les pamphlets sur les moines et les couvents, et, à ce point de vue, l'auteur de la *Relation* ne se distingue en rien de ses confrères laïques et ecclésiastiques.

Mais nous croyons devoir accorder plus d'attention à des allusions fort peu voilées, à de prétendus scandales dont la ville de Rouen aurait été le théâtre à cette date, et dont la chronique locale s'était emparée avec le plus malicieux empressement.

S'il faut ajouter foi aux récits qui nous sont parvenus, il paraîtrait que, pour faire honneur à un personnage important de leur ordre, en passage à Rouen, les Augustins se seraient imaginé de le recevoir dans une maison particulière, de lui offrir à dîner et de terminer cette petite fête, à laquelle assistaient des hommes et des dames du quartier, par un bal improvisé dans lequel les RR. PP. Augustins auraient fait preuve de plus d'agilité que de modestie.

La chose se serait passée à quelques pas de l'église Saint-Vivien, pendant l'octave du Saint-Sacrement de l'année 1676, et, pour ajouter à ces circonstances étranges une étrangeté plus considérable encore, les coupables, qui troublaient par leurs clameurs l'office divin, auraient été aperçus, au plus fort de leurs gambades, par le vénérable curé de la paroisse, lequel, placé dans une maison voisine, aurait pu jouir de ce spectacle insolite en regardant par la fissure d'une muraille.

Il est évident que nous sommes ici en pleine fantaisie et qu'il est difficile d'attacher une importance quelconque à un pareil tissu d'invraisemblances.

Ce récit n'en a pas moins été reproduit tout au long, avec un grand luxe de détails, dans un factum très violent intitulé : *Lettre première. De la Vie des Moines. Paris, 1er juillet 1676.*

Nous le rencontrons encore dans un autre libelle qui parut dès le 28 août de la même année comme une *Défence des religieux contre la lettre de la vie des moines.*

En apparence, en effet, ce dernier écrit est une sorte de panégyrique des RR. PP. Augustins ; en réalité, sous une forme ironique, ce n'est rien autre chose que la réédition pure et simple, avec aggravation, de l'accusation calomnieuse dont ils avaient été l'objet. La défense et l'attaque se valent ; elles portent l'empreinte des mêmes passions et pourraient parfaitement être sorties du même encrier.

La *Défence,* anonyme d'ailleurs comme la lettre à laquelle elle répond, ajoute fort peu de chose aux détails que nous connaissons. Nous y voyons que les Augustins avaient songé à poursuivre le libelle diffamatoire dirigé contre eux, et que le curé de Saint-Vivien, sommé d'avoir à s'expliquer sur ce dont il avait été témoin, s'était renfermé dans un silence aussi obstiné que prudent.

L'auteur nous apprend ensuite que, de l'avis des canonistes les plus autorisés, la danse en soi est un exercice licite, si bien que les Jésuites, après la tragédie, donnaient souvent aux dames le divertissement du ballet; enfin, en matière de conclusion, il déclare solennellement que le censeur imprudent qui a dévoilé le scandale est infiniment plus coupable que ceux qui ont commis la faute.

« L'auteur de la *Vie des Moines* », écrit-il, « ne devrait-« il pas encore une fois considérer qu'en écrivant ces « choses il scandalise tout le monde, en découvrant un fait « que la prudence des personnes constituées en dignité « avaient trouvé à propos de cacher.

> « Car le mal n'est jamais que dans l'éclat qu'on fait.
> « Le scandale du monde est ce qui fait l'offense,
> « Et ce n'est pas pécher que pécher en silence. »

Il n'est pas besoin de beaucoup de perspicacité pour reconnaître dans cette soi-disant apologie une attaque très transparente non seulement contre les Augustins, mais contre les Jésuites, auxquels on prêtait, pour les besoins de la cause, des principes de morale singulièrement relachés (1).

(1) Je dois la communication de toutes ces pièces au dévoué président de la Société, M. J. Félix : je tiens à lui exprimer ici ma très vive reconnaissance.

Notre Relation n'entre pas dans tous ces détails, ne développe pas tous ces arguments; mais elle appartient à la même école et relève positivement de la même inspiration. Son acrimonie contre les Augustins n'est pas moindre, et elle n'a garde d'oublier d'émailler ses développements d'allusions à l'anecdote controuvée du quartier Saint-Vivien. Pour le prouver, il nous suffira de citer quelques vers :

> Mais que ces maux ce soient passez
> Dans les Augustins Dechaussez,
> C'est ce qu'on auroit peine à croire
> Si l'on ignoroit leur histoire.
>
> . . . .
> N'a-t-on pas lu dans l'Évangile
> Que, si l'œil scandalize, il le faut arracher ;
> Que l'esprit est toujours en guerre avec la chair,
> Que l'un est prompt et que l'autre est fragile.
> Pourquoi dans cet estat prevenir des malheurs ?
> Qui craint bien les effets en évite les causes.
> Mais quand on a manqué de ces sortes de choses
> *N'est-on pas même allé pour en trouver ailleurs ?*
> *N'a-t-on jamais fourni parmi les gens du monde,*
> *D'injuste occasion à de justes soupçons,*
> *Troussé les vêtements, dansé sans caleçons ?*

Ces derniers vers sont caractéristiques. Ils nous offrent

la traduction en vers des allégations quasi-ordurières con-
tenues dans la *Lettre sur la Vie des Moines.*

Sans pousser plus loin cette analyse, déjà bien minu-
tieuse, il est facile maintenant de conclure.

La relation dont nous offrons à la Société des Bibliophiles rouennais une réimpression, malgré les exagéra-
tions de son langage et la violence de ses critiques, cons-
titue un document curieux et utile à consulter. En nous
éclairant sur les mœurs, les passions et les courants d'opi-
nion du moment, il nous renseigne aussi exactement que
possible sur des essais de musique religieuse à Rouen, qui
n'avaient pas encore été signalés, et sur une figuration
de l'ensevelissement du Christ par personnages habillés,
qui a son originalité et qui méritait bien d'être mentionnée.

Quant à l'œuvre littéraire en elle-même, elle atteste
chez son auteur de la facilité, une certaine veine railleuse,
gâtée par un penchant marqué à l'exagération, et, sous des
formes d'une gravité pédantesque, une passion qui frise
l'injustice et un parti-pris qui ne diffère guère de la mau-
vaise foi.

Au fond, cette relation anonyme est un pamphlet janséniste, étroit, faux et scandaleusement agressif. Cette veine, à la fin du xvnᵉ siècle, fut largement exploitée. Notre publication ajoute un spécimen nouveau aux productions nombreuses de cette littérature spéciale que nous connaissions déjà.

HISTOIRE

DE CE QVI S'EST PASSE'

DANS LA CHAPELLE

DES

AVGVSTINS

DE'CHAVSSEZ

DV FAVX-BOVRG MARTAINVILLE
DE ROVEN,

Depuis le Vendredi de la Semaine
de la Paſſion, juſqu'au Mardi d'a-
près la Reſurrection de nôtre Seigneur, en l'année 1677.

ECRITE EN VERS LIBRES,

pour une Perſonne de Qualité,
qui l'avoit demandée
à l'Autheur

Seduxerunt Populum meum in mendacio Suo
Ils ont ſeduit mon Peuple par leurs pieuſes fraudes, &
leurs devotes mommeries. *Ierem. 23. 32.*

A ORLEANS,

Chez ELEAZAR BONNE-FOY, ruë du Salut
au bon Paſteur

M. DC. LXXVIII.

STANCES

ON ne s'amuse point pour faire une Préface ;
    A dire ici comment, ni par quelle raison,
Cette Hiſtoire fidelle, à laquelle on fait grace,
Pendant plus de dix mois a gardé la priſon.
Le public auſſi bien ne ſe met guère en peine
De ce qui peut toucher l'intérêt d'un Autheur ;
Et c'eſt toûjours d'abord une méchante Scene,
Que l'avertiſſement qu'on en donne au Lecteur,
Soit donc qu'à nôtre Autheur on ait craint de déplaire,
Soit qu'on eût d'autre obſtacle, il vaut mieux là-deſſus
Laiſſer ſon cher Lecteur tout ſeul ſe ſatisfaire,
Que de le fatiguer de diſcours ſuperflus.

                          P. L.

A une Perſonne de Qualité

P
V iſque vous deſirez apprendre de ma Muſe,
La verité du Fait dont vous m'avez écrit,
Comme ce n'eſt point à vous à qui rien ſe refuſe,
En voicy, MONSIEVR, le recit.

V
N jour de la Sainte Semaine
Qui termine avec ſoi l'auſtere Quarantaine;
Dans ce tems où l'Eglise avoit de ſes Treſors
Fait couler juſqu'à nous les douces influences,
Et du Grand Iubilé donné les Indulgences
A qui les gagneroit par de dignes efforts;
Après avoir rempli la regle indiſpensable
De mon devoir Paroiſſial,
Ie ne crus point faire de mal
Si ſans aucun dégoût des faveurs de ma Table,
Au retour de quelques Lieux saints,
Ie viſitois auſſi les Petits Auguſtins*.
Je paſſai donc dans leur Chapelle,
Là d'abord je me proſternai
Donnant aveuglement quelque tems à mon zele;
Mais, ô Grand Dieu! que je fus étonné,

* Monſeigneur
l'Archevêque
n'avoit ordon-
né que les Pa-
roiſſes pour
Stations.

A

Lorsque levant un peu la vûë;
Plus haut que le Saint Sacrement,
Qu'on avoit exposé pour pecher doublement, †
Je vis sur un Théâtre une Troupe inconnuë,
Et dans le Parterre où j'étois,
Tout le monde admirant cette ceremonie,
Et gardant beaucoup moins le silence & la paix
Qu'on ne fait à la Comedie.
    Suis-je donc (dis-je alors) dans la Maison de Dieu?
Suis-je dans un Palais, suis-je dans une Eglise?
Est-ce un Lieu de plaisirs, ou si c'est un saint Lieu?
Et quelle Troupe si bien mise
A choisi pour ses entretiens
Vn Theatre à Comediens?
N'est-ce point une mascarade?
Mais que commence-je de voir !
Que veut dire cet homme ou sans vie ou malade?
Sont-ce là deux Bourreaux? Est-ce par desespoir
Qu'un poignard perce au sein cette femme interdite,
Et ce beau Brun assis, qu'il semble qu'elle évite,
Qui se pâme auprès d'elle & qui l'embrasse encor,
N'est-il point soupçonné de quelque lâche effort?
Ces deux Blondes au teint d'albâtre,
Qui sur l'autre bout du Theatre
Font briller leurs galans atours,

†Outre l'inde-
cence du Thea-
tre des Come-
diens, que ces
Peres avoient
emprunté, &
des autres Or-
nemens pro-
phanes, dont
il est parlé dans
la suite, il étoit
le Jeudi Saint,
auquel temps il
est deffendu de
faire ces sortes
d'expositions :
Non enim vi-
dendus est ca-
lix à populo: &
multo minus
Hostia patere
populo debet.
Gavant de Fer.
S. in Cœn. Dom

Ne font-elles point là pour aller au fecours
De cette Femme accariatre,
Qui vient d'attenter fur fes jours ?
Et cette autre petite Brune
Dans fa pofture peu commune,
Près de ce mort ou ce mourant
Dont on femble avoir fait juftice,
Infulte-t'elle à fon fupplice
Avec fon air indifférent ?
   Alors il me vint dans l'idée
L'inhumanité de Medée,
Qui fit égorger Pelias.
Celle dont le poignard accufoit la foiblefe,
Me fit fouvenir de Lucrece
Qui vengea fur foi-même et de fon propre bras
Vn honneur qu'elle n'avoit pas.
   Voilà bien du deffein chez des Anachorettes,
Reprif-je, en m'avançant, pour voir tout de plus près,
Mais enfin je connus, & j'en foûris après,
Que ce n'étoit que des Marionnettes,
Et que mes fens avoient été trahis,
Par la fplendeur de leurs habits,
Leur taille noble & naturelle,
Et tout ce qu'une pièce telle
Porte d'étudié, de vif & de nouveau,

Pour la faire sembler quelque chose de beau.

Pendant que je voyois tout cela dans l'Eglise;
Pardonnez-moy, mon Dieu, si je donne ce nom
A cette prophane Maison :
Quelqu'un auprès de moi touché de ma surprise
Me dit bas à l'oreille, & d'un ton assez doux :
Ie vois bien que cette Machine
Si mal-honnête & si badine
Ne vous aura pas fait moins de peine qu'à nous;
Et que vous n'avez pas encor compris peut-être
Ce que l'on veut par là vous faire reconnoître.
C'est en effet, lui dis-je, où je ne comprens rien,
Sinon que cela porte un méchant caractere,
Et me semble Comedien.
Vn des Pères, dit-il, m'a levé le mystère,
Et s'il est vray ce qu'il m'a dit,
C'est pourtant le Sepulchre où fut mis Iesus-Christ.
Quoi! (dis-je tout outré de la douleur extrème
Que me fit ressentir cet horrible blasphème;)
Le Sepulchre de Iesus-Christ!
Ah! mon Dieu, quelle perfidie
De nous peindre Iesus-Christ mort
Au milieu d'une Comedie,
Comme si l'un à l'autre avoit quelque rapport;
Et si dans cet éclat, sous ces vaines figures,

Parmi ces superbes verdures,
Ces Hautelices de grand prix,
Ces beaux nuages au Lambris ;
Sur ce Theatre où le luxe s'étalle ;
On pouvoit, sans l'y voir, reconnoître la Croix
De celui qui n'est mort étendu sur le bois
Que pour nous éloigner de ce maudit scandale.

    Cela ne convient guere à des Religieux,
Me dit-il, mais enfin ils y mettent leurs veilles,
Et non contens encor du scandale des yeux,
L'accompagnent aussi de celui des oreilles.
Ie ne parle pas des discours
Qu'ils peuvent tenir tous les jours,
Lorsque leur belle humeur dans le monde s'épanche
Ce poison quoique trop réel
N'est pas toûjours commun, ou n'est pas toûjours tel
Qu'un certain Opera qu'on fit ici Dimanche. *

    Ce jour-là par malheur un de mes bons amis,
Qui devoit y prêcher, me pria de l'entendre
Ie promis d'y venir, & curieux d'apprendre,
I'y vins comme j'avois promis.
Il avoit commencé d'exalter NOSTRE-DAME
Qu'on nomme ici DES SEPT-DOVLEVRS :
Mais, soit que par figure il eût changé de game,
Pour suspendre l'esprit de tous ses Auditeurs :

* Le jour des Rameaux.

Soit que sept Douleurs en Carême,
Ne lui paruſſent pas un nombre aſſez complet,
On lui vit ajoûter à ce douloureux Sept,
En demeurant tout court, une douleur huitième.
Pour moi j'attribuai cela,
Non pas à ſon inſuffiſance,
Car il a même ſa licence,
Mais au Spectacle indigne & choquant que voilà.
   Son Tacet après tout fut comme le prélude
D'un furieux Concert d'Inſtruments & de Voix,
Qui ſe fit auſſitôt dans cette Solitude,
Pour y divertir le Bourgeois.
   Le Demon fut ravi qu'une telle Muſique
Suppleât au defaut de l'autre inſtruction;
Et les Muſiciens gâterent par pratique
Tout le bien qu'auroit fait la ſpeculation.
Cette Devotion devenuë à la mode,
Et qui ſemble ſi douce à la cupidité,
Denoüa tellement ſa comique methode,
Qu'elle étouffa la Verité.
Cent Accords differens, par de confuſes routes,
Inſulterent en foule au ſilence des voutes :
Puis ſucceſſivement rompus et reflechis
A la faveur des cœurs, gagnerent les eſprits.
Tailles, Baſſes, Deſſus, Par-Deſſus, Haute-Contres,

Regales, Claveſſins, Violes, Violons :
Dièzes, demi-ſoûpirs, ſoûpirs, fugues, fredons;
Tout cela faiſoit rage en cent mille rencontres.
Ditons, ſemi-ditons, diateſſarons, tritons :
Ou pour parler jargon, tierces, quartes, ſecondes,
Quintes, & cætera : Tons entiers, demi-tons :
Brèves, ſemi-brèves, & rondes.
Le clair, le beau, le fort, le doux, le délicat,
Le net, le reſonnant, le haut, le gros, le mince,
Le plus joli Fauſſet qui ſoit dans la Province,
L'éclattant, le perçant, entroient dans le combat;
Et par une terrible & funeſte Cadence,
Loin d'appliquer le peuple à l'Office Divin,
En déroboient encor toute l'intelligence
A ceux qui ſçavoient le Latin.
Pas un ſeul mot de l'Ecriture,
De cette celeſte pâture,
Sans quoi la Terre eſt un affreux deſert :
Pas ſeulement la moindre des ſyllabes
Ne ſe put garantir dans ces bouches arabes
De la corruption de l'Air.
Ce n'étoit qu'un confus & confondant murmure
De ſons tantôt plus vifs, tantôt plus langoureux
Mais toûjours affetez et toûjours malheureux
Qui s'immoloient à la nature.

Qu'eſt-ce donc deſormais qu'on nomme retenir
La verité dans l'injuſtice ?
Et ſi par là le Ciel doit ſe rendre propice,
Quel excez dans le monde aura-t'il à punir ?
S'y prend-on d'une autre maniere
Dans les plus enjoüez & plus tendres concerts
Et ſans examiner quelle en eſt la matiere
Où l'eſprit ne s'arrête guere,
Tout n'eſt-il pas reduit par ces Chantres diſerts
Sur mêmes ou ſemblables Airs.
Ne ſont-ce pas les mêmes conſonances,
Les mêmes paſſions, & les mêmes accens;
Et depuis quand l'Egliſe a-t'elle des Diſpenses
Que le monde n'a pas pour les plaiſirs des ſens.
Ou bien eſt-ce que les oreilles
Ont quelque privilege à part ?
Mais ne ſuppoſons point des chimeres pareilles,
L'Eſprit de verité veut un culte ſans fard.
Il veut, par une Loi permanente, éternelle,
Qu'on évite avec ſoin toutes ſortes d'excez :
Et qui peche en un ſeul peche auſſi bien contre elle,
Que ſi tous dans ſon ame avoient un libre accez.
On ſe pert par le goût autant que par la vûe,
Autant par l'odorat que par l'attouchement :
Et l'oreille ſouvent ayant plus d'étenduë,

On se perd par l'oreille encor plus aisement.
Ainsi c'est sans raison qu'on croit que Dieu se touche
Par ces sons concertez de voix & d'instrumens :
Je deteste plûtôt & la main & la bouche,
Qui s'oppose à ses mouvemens.
Il cherche un cœur tout pur, étant tout pur lui-même,
Et l'on remplit ce cœur d'un esprit de chansons ;
Et lorsqu'il ne s'agit que de sa Voix supreme
On en suspend l'effet par le charme des sons,
Comme autrefois les Coribanthes
Qui pour rendre à leurs Dieux leurs mysteres cachez,
Faisoient un bruit si grand d'armes retentissantes,
De flûtes, de tambours, de trompettes bruyantes,
Que le Ciel eût en vain tonné sur leurs pechez.
Telle fut l'orgueilleuse & cruelle musique
Dont je fais la description,
Mais qu'il vaudroit bien mieux n'oüir qu'un chant rustique
Où Dieu se pût entendre avec distinction ;
Où l'Ame par le son du Son même éloignée
Comprît, en meditant, ce qu'elle doit sçavoir :
Et par un Divin Souffle uniquement gagneé,
Ne s'attachât à rien qu'à son propre devoir
Que cette Ame seroit heureuse
Dans les ravissements de ce Divin Amour,
De pouvoir en chantant elle-même à son tour

B

Exprimer ſa flamme amoureuse :
Et ſuivant l'ordre que jadis
Pour la gloire de Dieu nos Peres établirent,
Qu'elle auroit de plaiſir d'en uſer comme ils firent,
Sans rêver ſi les ſons ſont rudes ou polis.
Bien heureuſe Cacophonie,
Qui mets toute ta gloire en ta ſimplicité,
Chere & ſainte Ruſticité,
Que tu pouſſes au Ciel une douce Harmonie.
Que ceux dont le cœur eſt tout pur
Comme l'oreille toute chaſte,
Comprennent aiſement, éloignez de tout faſte,
La douceur de ce chant que l'on trouve ſi dur.
  Mais c'eſt ce qu'il eſt impoſſible
De faire entrer dans un eſprit
Que le ſeul intereſt nourrit,
Ou qui n'aime que le ſenſible.
Il faut à la cupidité,
Pour la tenir par les oreilles,
Du touchant, de la rareté,
Des diverſitez, des merveilles ;
Et l'on a beau d'ailleurs être un mauvais Chretien,
Vn yvrogne, un impie, un boufon, un ſatyre,
Vn Comedien, pour tout dire :
C'eſt aſſez que l'on chante bien.

Il n'en fallut pas davantage
Pour attirer ici divers Comédiens,
Et les Peres contens de ce noble partage
Les placerent au rang de leurs Muficiens.
Là chacun dans la Symphonie
En faveur de fon rôle invente des efforts
Et cherchant l'artifice aux dépens de fon corps
Forme des mouvemens qui fentent la magie.

    Mais entre ces divers Acteurs
Celui qui pefoit les mefures
Glorieux de regner fur les autres poftures
Lui feul en faifoit plus que trente Bâteleurs
Cette grotefque intelligence
Cet Arbitre inconftant du souffle des Humains,
Tenoit des papiers en fes mains
Et ces papiers roulez lui fervoient de balance.
Superbe comme un jeune paon ;
Poudré comme un Bifcuit, gros comme un Ortolan ;
Laïque pour la mort, & galand pour la vie,
Il marquoit dans fa vanité
Ie ne fçai quelle gravité
Qui tient moins du bon fens que de la phrénefie.
Soudain faifant en l'air deux piques de fes bras ;
Soudain fur fa mefure accommodant fes pas ;
Quelquefois en avant, quelquefois en arrière :

Glapiſſant, & le front ſur ſes gens attaché,
Il inſpiroit à tous cette vigueur ſorciere
Que lui-même empruntoit de quelque Autheur caché.
D'autrefois tout debout tombant comme en extaſe
Les bras, par le tranſport, languiſſans, étendus,
Les yeux tournez au Ciel & le cœur aux abus,
Il goûtoit à longs traits dans ſon terreſtre vaſe
Ces plaiſirs que les fous appellent innocens,
A cauſe qu'ils flatent les ſens :
Mais qui ſont en effet de veritables crimes,
Et les plus damnables maximes
Qui puiſſent à la chair procurer de l'encens.
Enfin tout ce qu'un cœur poſſedé de lui-même,
Ou de l'eſprit Pythonien,
Dans ſes tendres fureurs peut éprouver d'extreme,
Ce petit homme ici le fit ſentir au ſien.

    Ainſi toute la Troupe en ce jour animée
Par les divers tranſports de la même fumée
Ces Pſalmites de Cour parurent ſi mommons
Devant cette autre Troupe auſſi vaine que morte,
Qu'on les eut pris pour des demons,
Si les demons pouvoient s'agiter de la ſorte.

    Il falloit bien, lui dis-je avec un grand ſoupir,
Que la Muſique eut rapport à la Farce,
Et que de Ieſus-Chriſt s'étant pû divertir

On joüât ſon Egliſe ici dedans éparſe ;
Mais que ces maux ce ſoient paſſez
Dans les Auguſtins Déchauſſez,
C'eſt ce qu'on auroit peine à croire
Si l'on ignoroit leur Hiſtoire.
Vous voyez reprit-il à quel point eſt monté
Tout ce que l'on a dit de leur impieté.
Telles gens deformais peuvent tout entreprendre
Mais ayez patience, & vous allez entendre,
En ſuivant comme moi de vos yeux chaque objed,
Quelle application le Pere m'en a fait ;
Car c'eſt ce qu'il venoit de faire
Lorſque j'ay reſolu de vous entretenir,
Et c'étoit pour ſçavoir une ſi belle affaire
Qu'on m'a vû dans ce lieu pluſieurs fois revenir.

Ce Corps que l'on découvre au milieu de la place,
Sans bras, * & ſoûtenu par le pompeux niveau
D'une delicate paillaſſe,
C'eſt Ieſus-Chriſt dans le Tombeau.
Le Theatre, c'eſt le Calvaire ;
Et ces profanes ornemens †
D'une Troupe que Dieu ne peut voir qu'en colere,
Sont de ſa Sainteté les dignes monumens.

Ces deux gros Hommes noirs qui de ſi près l'eſcortent,
L'un à la téte, & l'autre aux pieds,

* Quoique cette figure ne fut que trop découverte, on ne laiſſoit pas de demander où en étoient les bras.

† Le Theatre avec toute ſa décoration étoit celui des Comediens.

Se reſſemblans comme deux alliez ;
Qui répondent en Turcs aux beaux habits qu'ils portent ;
En Echarpe, en Turban, ſans linge, ſans rabat :
Dont les yeux effarez ſentent l'aſſaſſinat,
Sont les deux bons Vieillards d'une ſi ſainte vie,
Nicodème, & Ioſeph celui d'Arimathie.

    Celle qui devant eux étalle ſes appas,
Qui de ſes cheveux bruns ſur un front tout profane
Fait deux touffes à la payſanne,
Qui ne refuſe aux yeux que ce qu'elle n'a pas ;
Vn genou haut, & l'autre bas :
Avec ſa boëte vuide, ou pleine
De Pommade ou de quelque autre graine ;
Sa Iuppe & ſon Manteau de tafetas tres fin,
L'un couleur de chair, & l'autre gris de lin,
Non, je me trompe, elle eſt de couleur incertaine
D'un taffetas changeant, qu'autrement nomme-t'on
Couleur de gorge de pigeon ;
Cette creature ſi vaine,
C'eſt la pieuſe Madeleine ;
Dont l'Echarpe au coloris bleu,
Ce qui n'eſt point du tout honnête
D'un lieu que je veux taire * a monté ſur ſa tête.

    Cette puiſſante Femme à la robe † de feu
Qu'on voit avec horreur le poignard dans la gorge,

* Deux Jupes l'une de Tafetas bleu, l'autre de Tafetas rayé que les Peres avoient découſües, ſervoient d'écharpes à ces Femmes.

† Cette Femme étoit vêüe de pourpre & d'écarlate : & avec raiſon, puiſque c'eſt le ſymbole de l'homicide. *Rupert. In Apoc.*

Qui tout debout encore fuccombe à fes malheurs,
Quelque defefpoir qui les forge :
C'eft la tres Sainte Vierge au fort de fes douleurs.
Ce barbare poignard plongé jufqu'à la garde
Vers le centre du pericarde,
Cet acte fi contraire à la Divine Loi,
Ce vifible homicide, eft l'invifible Epée :
C'eft à dire l'ennui, la douleur, & l'effroi,
Dont fon ame au dedans devoit être frappée,
Tout le monde fçait bien pourquoi.

   Ce galand achevé qu'on croit qui la careffe
A caufe que fon bras l'environne & la preffe,
Dont la Robe n'a rien qui ne foit bien choifi,
Et qui (non fans quelque myftère)
Eft de tafetas cramoifi,
Et même felon le bon Pere
Celle d'un des Peres d'ici
Ce beau garçon dont la CEINTVRE
Eft une Echarpe toute pure,
Dont la Cravaite eft un grand ruban noir,
Chofe affez étonnante à voir ;
Qui porte en guife de guirlande
Vne Perrúque belle & grande,
Et qui par fympathie eft tranfi de douleur,
C'eft l'Ami Vierge du Seigneur.

Ces stupides Beautez à la moutonne blonde,
Qui semblent toutes deux venir d'un autre monde,
Qui loin d'aller vers ce Corps mort,
Marquent un contraire transport.
Ces sottes porteuses de soye,
Qui ne sont là qu'afin qu'on les voye,
Et qui devroient faire rougir
Celles dont les habits servent à les couvrir ;
Enfin ces grandes étourdies,
Qui ne sçauroient quasi que faire de leurs bras,
Sont les deux modestes Maries,
Salomé & Cleophas.
    De maniere que le Comique
Ne fut jamais plus authentique,
Selon ce ravissant esprit,
Et que par des vertus nouvelles, mais Chretiennes,
Etre Comediens, être Comediennes,
C'est imiter les Saints, la Vierge, Iesus-Christ :
Ou plutôt leurs vertus l'emportant sur les nôtres,
Iesus-Christ, la Vierge, & les Saints,
Imitent si l'on veut ces comiques apôtres
Pour donner du plaisir aux Petits Augustins.
    Et sur l'instance que j'ay faite
Qu'on pourroit le prendre autrement
Si l'on n'avoit pas d'interprete,

Il m'a fait obferver fort serieusement :
Qu'il étoit quelquefois utile
Qu'un myftere parût obfcur & difficile
Sur tout dans les Communautez
De Religieux non rentez ;
Que cela reveilloit l'attention du monde,
Et faifoit naître un faint defir
D'aller confulter à loifir
Leur erudition profonde :
Qu'ils s'en étoient fort bien trouvez, *
Que Dieu par ce moyen les avoit préfervez
De cent petits chagrins qui traverfent la vie ;
Et quoiqu'ils n'euffent point chez eux de Stations †,
Que l'on ne laiffoit pas, en dépit de l'envie,
D'y venir par proceffions.
Que leur Pere Prieur s'étoit mis en la tête,
Voyant le grand fuccez de cette PASSION,
D'en celebrer encor la glorieufe Fête,
Même trois jours après la Refurrection.
Que par là le Prélat, qui les traite en victimes
Lorfqu'il veut fur leurs droits attenter aujourd'hui,
Seroit auffi trompé, que lorfque les Minimes
A fon nez l'autre jour fe mocquèrent de lui. *
Qu'il falloit bien ufer de quelque fainte adreffe
Pour ramener ainfi les Troupeaux difperfez,

* On dit que cette dernière mommerie leur a profité de 2000 livres pour le moins.

†Monfeigneur l'Archevêque ne jugea pas qu'il fut à propos que les Religions en euffent.

* La proceffion de la Cathedrale pour l'ouverture

C

du Jubilé où
étoit Monſei-
gneur l'Ar-
chevêque paſ-
ſant le mardi
de la Semaine
ſainte par de-
vant la Cha-
pelle des Mi-
nimes, ces
Peres ne don-
nerent point
d'encens, &c.

Et que ſi quelqueſ-uns s'en tenoient offencez
Le tems remedieroit à leur delicateſſe.
Que veritablement cela ſembloit d'abord
Quelque choſe de ridicule,
Mais qu'on étoit bientôt revenu du ſcrupule
Quand on en connoiſſoit l'uſage et le rapport.
Que le peuple trouvoit dans ces Objets ſenſibles
Des ſujets de loüer l'Autheur de leur beauté;
Puiſque ſelon ſaint Paul leur viſibilité
Nous devoit élever aux choſes inviſibles.
Que ſelon S. Paul même il falloit commencer
Par la partie inferieure,
Et puis tout doucement ſe conduire et paſſer
Aux celeſtes ragouts de la ſuperieure.

Iuſtement comme il s'efforçoit
De me prouver ce qu'il penſoit
Sur cette matiere tres ample;
La Quêteuſe en riant a fait pluſieurs éclats,
Et lui-même paſſant des raiſons à l'exemple,
Tout depuis avec elle il folâtre là bàs.

Voilà comme le ſçavant Pere
Par le ſubtil détour de ſon intention
M'a débroüillé le grand Myſtère
De ſa maligne Paſſion.

Mais entre toutes ces Figures,

Ce qu'il ne faut pas oublier,
I'en remarque aujourd'hui qui n'étoient pas hier
Sous de certains habits, ni certaines poſtures.
Celui-là par exemple à qui l'on voit du bleu
Par deſſus ſa Robe Arabeſque,
Decouvroit en la place avec ſon teint Moreſque
Vn beau Velours couleur de feu.
Cette belle & blanche brunette
Qui repoſe ſur un genou
N'avoit point ſa Coëffure encore ſi bien faite,
Et montroit beaucoup moins ſon coû.
La Guirlande que tient cette innocente blonde,
Qui de ſon autre main preſente un peu d'azur,
A qui? je n'en ſçai rien, & fol eſt qui le ſonde :
Cette guirlande hier ombrageoit, j'en ſuis ſûr,
Ce beau ventre tout nu que l'on expoſe au monde.
Son bras pendoit : ſes doigts n'étoient point repliez,
Elle avoit autrement les pieds ;
Et cette Iuppe à la longue queuĕ,
- Couleur de chair avec des fleurs ;
Car l'Egliſe, en paſſant, change ainſi de couleurs :
A pris la place d'une bleuë
A paſſemens d'or et d'argent ;
Et tout cela, par qui? ceux même du Couvent.
   Que de reflexions à faire

Sur ces fortes d'amufemens,
Et que l'on pourroit loin porter fes jugemens
Avant que d'être temeraire.

　Dans le filence, dans la nuit,
Pendant que la chandelle luit,
Ou peut-être au clair de la Lune,
Au milieu d'un Palais, librement, fans témoins,
Ces Peres à l'envi confumer tant de foins
A vêtir une blonde, à coëffer une brune.
　Il eft vrai que ces beaux Objets
Où l'on va fi fouvent ajoûter quelques traits,
N'ont que d'infenfibles poitrines :
Mais n'eft-on pas auffi tout plein de fentiment :
Et qu'importe, pourvû qu'on fente ces machines,
Que ce foit machinalement.
　　Qu'importe que l'Objet excite la puiffance
Par le principe actif de quelque connoiffance :
Ou que par des ressors la puiffance à fon tour
Excite l'Objet même à la produire au jour.
　　Eft-on tellement à l'épreuve
De fa propre corruption,
Qu'auffi ferme qu'un roc jamais on ne s'emeuve
Dans quelque occafion.
N'a-t'on pas lû dans l'Evangile,
Que fi l'œil fcandalize il le faut arracher,

Que l'esprit est toûjours en guerre avec la chair,
Que l'un est prompt, & que l'autre est fragile.
Pourquoi dans cet état, prévenir ses mal-heurs?
Qui craint bien les effets en évite les causes :
Mais quand on a manqué de ces sortes de choses,
N'est-on point même allé pour en trouver ailleurs?
N'a-t'en jamais fourni parmi les gens du monde
D'injuste occasion à de justes soupçons,
Troussé ses vêtements, dansé sans caleçons,
Ou fait quelque autre chose encore plus immonde?
Sous ces vulgaires noms de Cousine ou de Sœur,
N'a-t'on point quelquefois caché la Courtizanne ;
Et pour en retirer quelque fausse douceur,
N'employa-t'on jamais ou Lev....., ou C.....?
A t'on si bien usé du Confessionnal
Qu'il ne s'y soit produit que de sincères flammes,
Et n'a-t'on jamais fait de ce saint Tribunal
Sortir en murmurant des Filles & des Femmes?

   Qu'on s'examine enfin, & que sans se flatter
On developpe à fond sa large conscience,
Si l'on est innocent : encore patience;
Mais si on ne l'est pas, où se va-t'on jetter?
Que fait-on sur des précipices
Où se font échoüez les plus sages conseils :
Pense t'on éviter les vices

Quand on vole après les écueils ?
   On a vû de simples Statuës
Faire changer d'avis à des Pigmalions,
Est-on plus assuré dè ses intentions
Devant celles qu'on a vêtuës ?
   Si c'est le propre des humains
De ne rien faire avec indifference,
De quel œil verra-t'on l'ouvrage de ses mains
Lorsque le luxe même en sera la substance ?
   Est-ce pour demeurer ensuite indifferens
Que les enfans font des Poupées,
Mais que doit-on juger lorsque devenus grands
Leurs ames de ces soins sont encor occupées.
   Quel mal ne peut point succeder
A ces lascives bagatelles,
Si par malheur on veut accommoder
Les figures sur les Modelles ?
   Celui qui se fermant les yeux
Ne se voulut pas même arréter à des Vierges,
Eut-il voulu toucher ces meubles dangereux
Et trahir de la main ses fidelles concierges.
   Vn Moine retrouvant parmi son Canapsa
Le Ruban d'une Femme, eut horreur des Cellules,
Si pour un seul Ruban il se demonisa,
Que font tant de I V P P O N S avec tant de C V C V L E S ?

Ne sçait-on pas que ces habits
Sont des Divinitez que le Siècle idolâtre,
Et qu'importe si c'est de la cire ou du plâtre
Pourvû que cela soit bien mis.

On oublie aisément par son propre artifice
Les defauts naturels quand on les sçait cacher.
Et quelque monstre alors que l'on enseveliſſe
Il a toûjours de quoi toucher.

Ce qui faiſoit horreur lorsqu'il étoit sans pompe,
En etant revêtu brille de toutes parts ;
Et quoique la Raiſon diſe que l'on se trompe,
On n'en juge souvent que selon ses regards.

Comme le Printemps fait renaître
Ce que l'Hyver a fait mourir,
Ainſi les faux-brillans du plus miserable Eſtre
Fourniſſent des raisons pour le faire cherir.

On reſſuſcite une Carcaſſe
Par la vertu de ces agiſſemens,
Mais est-il bien aiſé de les mettre en leur place
Et de n'en avoir pas quelques reſſentimens ?

Peut-on innocemment de ces galantes modes
Conſacrer de ſa main le superbe appareil,
Et ces Hommes en fougue, & ces autres en deuil
Pour être là preſens en font-ils moins commodes ?
Auroit on lieu d'apprehender

Qu'ils ne souffriſſent pas le crime,
Et craindra-t'on de les incommoder
Quand on fera quelques victimes?
Mais pour perſuader plus invinciblement
Qu'on n'a pas de reſpect pour ces trompeuſes formes,
C'eſt que par des suites énormes
On profane à leurs pieds le Très-Saint-Sacrement.
De ce Divin Sauveur l'adorable Myſtère
N'a rien de ſi ſacré qu'on ne rende odieux;
Et plut à Dieu qu'il fût ou permis de ſe taire,
Ou deffendu d'entrer dans de ſemblables Lieux.

Ce n'eſt pas ſeulement cet infame Theatre
Dont le maître Autel eſt l'appui,
Qui me fait remarquer qu'on ſe mocque de lui
Comme ſi tout de bon l'on étoit idolatre.
Ces puans Objets d'alentour,
Ces derniers commerces d'Amour
Sont de bien plus horribles choſes;
Et je ne ſçai ſi l'Aretin
Ou l'Autheur des Metamorphoſes
Ont rien penſé de plus malin.

Je ne m'arrête point à ces molles tentures
Qui ſont ſur l'aile gauche & pleines de verdures;
Tout cela de ſoi-même eſt fort indifferent,
Il peut ne nuire pas quoiqu'il ſoit inutile,

Mais voyans sur la droite un poison si fertile
Pour nè pas en gemir il faut être méchant.

 Dans cette grande Haute-lice
Dont ce pilier est radoubé
Entre la Chaire & le Iubé,
Voilà qu'on entre dans la lice.
Ce n'est ni Daphné ni Phœbus,
L'un fut trop malheureux, l'autre trop inhumaine,
Il a bien mieux valu peindre Deïphobus
Qui se corrompt avec Helene.
C'est peu d'être encore simple fornicateur ;
L'adultere tout seul est même trop modeste :
Il falloit le Beau-frère avec la Belle-sœur,
Et mettre dans son jour l'abominable Inceste.

 Sous les pans retroussez d'un riche Pavillon
Assis confusément, corps à corps, bouche à bouche,
D'une main par derriere il l'embrasse et la touche,
Et l'autre par devant dégage un Cotillon.
Elle même en paroît tellement satisfaite,
Qu'on voit bien qu'elle n'a la main sur ses genoux
Que pour lever aussi la Iuppe de dessous,
Et partager le soin de plier sa Toilette.
Sa gorge toute nuë aux yeux de son Amant
D'un cœur tout en desordres explique les foiblesses,
Et semble en redoublant ses brutales caresses

D

Lui faire confeffer que rien n'eft plus charmant,
    Pendant qu'on lit fur fon vifage
L'extrême impatience où fa fureur l'engage
D'affouvir promptement fes plus lâches defirs,
Ses armes à fes pieds pofées
Servent au crime de Trophées,
Et de fauffe affurance à fes fales plaifirs.
Après cette piece authentique,
Dans un autre auffi rare encor
Suit le tragique effet des Complots d'Antenor,
D'Enée & de cette Impudique, *
Ce n'eft ni le Feu de l'Enfer,
Ni les Flammes du Purgatoire :
Il falloit un Sujet plus grand, mais moins amer,
Et par où l'on pût arriver à la Gloire;
C'eft l'Embrafement d'Ilion,
Piece qui vaut un million
Pour apprendre à vendre des Villes,
Et pour authorifer par des guerres civiles;
Outre la Trahifon, ces crimes capitaux :
Le cruel Homicide,
Et l'execrable Parricide,
Le plus affreux de tous les maux.
La troifième qui va s'étendre
Iusqu'au pied même des Autels,

* Helene.

Au lieu du Iugement qu'attendent les Mortels
Nous propose celui de Paris Alexandre.
Voilà de beaux Sujets de Meditation,
Chacun peut là dedans trouver sa Passion,
On y voit des conseils dignes qu'on les observe;
Et Iunon, Venus & Minerve,
Ces trois basses Divinitez
Qui sont les trois Cupiditez,
L'Orgueil, les Plaisirs, l'Avarice,
Ces fécondes sources du vice,
Qui viennent d'exposer leurs sales nuditez
Et n'en ont qu'à demi replié l'étalage,
Disent encor en leur langage;
Quoiqu'aux autres Venus semble se préferer :
Que Paris est un sot, & que pour être sage
Il les faut toutes adorer.

    Dans cette insolente Peinture
Cupidon ce petit mais insigne vilain,
Vn carquois sur son dos lié d'une C E I N T V R E,
Découvre effrontement & nu comme la main,
Ce qu'enseigne à cacher soudain
Le seul instinct de la Nature.
Lui-même sert de guide à la main de Paris,
Qui presente à sa Mere & la Pomme & le Prix
En signe de victoire;

Et qui pour recompence en ce même moment
Conclut ce fol Raviſſement,
Dont s'enſuivit enfin ce qu'en apprend l'Hiſtoire.

Elle ſemble encor dire à ce Berger charmé :
Vas, Aime beau Berger & tu ſeras aimé,
Donne ton cœur ſans fard à la charmante Helene
Si tu veux obtenir la victoire du Sien. (1)

(1) *Renoüard,*
Jugement de
Paris.

Mais pourquoi citer l'entretien
Qu'il eut avec cette vilaine,
Il ſuffit que pour confirmer
Le pacte qu'il fait avec elle,
Deux Pigeons bec à bec ſe careſſans de l'aîle
Lui montrent comme il faut aimer.

O dangereuſe Ecole & digne d'Epicure,
Où pour couronner l'œuvre entre tous ces Portraits
On voit canoniſer ſous le nom de Mercure
Le plus honteux Métier qui puiſſe être jamais.

Mais ſi refléchiſſant ſur chaque perſonnage
Du Theatre & de cet ouvrage
On veut faire des deux une comparaiſon ;
Par une ſuite naturelle
Qui ne croira plûtôt voir dans cette Maiſon
Vn Pantheon qu'une Chapelle.

Si c'eſt ici, penſera-t'on,
Mercure, Venus, Cupidon,

Iunon, Minerve, enfin cette Race funefte,
Comme on ne peut pas en douter :
Par quel autre argument pouvoit-on mieux prouver
Que voilà des Payens toute la cour celefte ;
Et que la confternation
De cette étrange compagnie,
C'eft ce qui fe paffa dedans la Theffalie
Sur les fommets du Pelion :
Lorfque de tous les Dieux l'Affiftance appellée
Aux Noces de Thetys & du Prince Pelée,
Dans ces délicieux Berceaux
Entre ces belles avenuës,
Que formoient parmi les Nuës
Mille verdoyants Arbriffeaux,
La Déeffe de la Querelle
Y fut porter ce fatal fruit
Sur l'Or duquel étoit écrit :
C'eft pour la plus belle.

    Ainfi pendant qu'au pied du mont Ida
Iunon, Venus, Minerve exercent la chicane,
Et qu'Amour fecondant le Dieu qui les guida
Ebranle d'un Berger la tranquille Cabane ;
Sur le mont Pelion il eft aifé de voir
La Déeffe du Defefpoir,
Hymen la veut rendre traitable ;

Renoüard,
Jugement de
Paris, & *Du*
Souhait, Raviffement d'Helene.

Le Dieu qui préside aux Combats,
Recens de ses travaux, ayant mis armes bas,
Tout blessé, tout en sang repose sur la Table,
Neptune & Iupiter plantez auprès de lui,
Se tiennent debout par ennui ;
A leurs pieds Hebé la Coquette
Rumine quelque Chansonnette ;
Et les deux qui suivent après,
Sont peut-être Diane, & la blonde Cerès.

Pour le reste de l'Assemblée
Comme elle vient d'être troublée,
On ne doit pas fort s'étonner
S'ils sont allez se promener
De chagrin, ou de jalousie
Pour dissiper leur phantaisie
En attendant de l'important Procez
Et le retour & le succez.

Mais quand sur ce sujet on ne voudroit pas faire
Cette comparaison dont la preuve est si claire ;
Comme il est d'ailleurs évident
Malgré les plus fortes instances
Qu'il en peut résulter d'étranges conséquences
N'est-ce pas, juste ciel ! être bien impudent,
Pour ne dire pas davantage,
Que de représenter dans un Lieu d'oraison

La vanité payenne, & le libertinage,
Au plus haut point de ſa ſaiſon;
Et par la plus injuſte & la plus condamnable
De toutes les pretentions,
De vouloir allier l'Evangile & la Fable :
Le Monde & Ieſus-Chriſt : Dieu même & les Demons.
 Lorſque j'eus entendu, de tant de maux en ſomme
Faire ſi prudemment le ſincere detail,
Ah! de grâce ſortons, dis-je à cet honnête Homme,
En l'adreſſant vers le Portail.
Craignons que la foudre ne tombe
Sur tels ennemis de la Religion,
Et que Dieu ne nous faſſe une commune tombe
De ce lieu de perdition.
Fuyons, fuyons les horreurs qu'il renferme,
Profitons de vôtre Examen :
Et ne faiſons qu'un vœu, mais qu'il ſoit toûjours ferme;
De n'y rentrer jamais. Amen.
 Auſſi-tôt ayant fait retraitte
Nous nous dimes l'Adieu, parce qu'il étoit tard;
C'eſt auſſi MONSIEVR, ce que je vous ſouhaitte
Avec tout le reſpect d'une Muſe ſans fard.

FIN

www.ingramcontent.com/pod-product-compliance
Lightning Source LLC
Chambersburg PA
CBHW070806260626
47161CB00006B/2178